D0461766

PARTICIPACIÓN CÍVICA
LUCHAR POR LOS DERECHOS CIVILES

EL MOVIMIENTO POR LOS DERECHOS DE LAS PERSONAS CON DISCAPACIDAD

Amy Hayes

Traducido por
Esther Sarfatti

PowerKiDS
press™

Nueva York

Published in 2017 by The Rosen Publishing Group, Inc.
29 East 21st Street, New York, NY 10010

First Edition

Translator: Esther Sarfatti
Editorial Director, Spanish: Nathalie Beullens-Maoui
Editor, English: Caitie McAneney
Book Design: Mickey Harmon

Photo Credits: Cover (image), pp. 7 (inset) Bettmann/Contributor/Bettmann/Getty Images; cover, pp. 1, 3–32 (background) Milena_Bo/Shutterstock.com; p. 5 Stephanie Keith/Stringer/Getty Images News/Getty Images; p. 7 (main), 29 wavebreakmedia/Shutterstock.com; p. 9 Heritage Images/Contributor/Hulton Archive/Getty Images; p. 10 https://commons.wikimedia.org/wiki/File:Alfred_Binet.jpg; p. 11 Stock Montage/Contributor/Archive Photos/Getty Images; p. 13 https://www.dol.gov/sites/default/files/slide7.jpg; pp. 15, 21 Wally McNamee/Corbis Historical/Getty Images; p. 17 John Preito/Contributor/Denver Post/Getty Images; p. 19 MARK SCHIEFELBEIN/Stringer/AFP/Getty Images; p. 23 Fotosearch/Stringer/Archive Photos/Getty Images; p. 25 ullstein bild/Contributor/ullstein bild/Getty Images; p. 27 https://upload.wikimedia.org/wikipedia/commons/f/f9/Atletismo_paral%C3%ADmpico_T53-54_-_front_%2828994208084%29.jpg.

Cataloging-in-Publication Data

Names: Hayes, Amy, author.
Title: El movimiento por los derechos de las personas con discapacidad / Amy Hayes.
Description: New York : PowerKids Press, [2017] | Series: Trabajar por los derechos civiles
Identifiers: ISBN 9781499433098 (pbk. book) | ISBN 9781499432978 (6 pack) | ISBN 9781499433104 (library bound book)
Subjects: LCSH: People with disabilities–Civil rights–United States–Juvenile literature. | People with disabilities–Legal status, laws, etc.–United States–Juvenile literature. | United States. Americans with Disabilities Act of 1990–Juvenile literature. | Discrimination against people with disabilities–Law and legislation–United States–Juvenile literature.
Classification: LCC HV1553 .H39 2017 | DDC 323.3/20973–dc23

Manufactured in the United States of America

CPSIA Compliance Information: Batch #BW17PK: For Further Information contact Rosen Publishing, New York, New York at 1-800-237-9932

CONTENIDO

Más que una discapacidad 4

Una historia de discriminación 6

Gente escondida. 8

Los comienzos del movimiento. 10

Una sentada para protestar 12

Un paso hacia la igualdad 14

La unión hace la fuerza 16

Una líder constante. 18

Una gran IDEA. 20

La Ley de Estadounidenses con Discapacidades . . . 22

Un lugar protegido 24

Hacia adelante 26

Activa tu activista interior 28

Glosario 31

Índice. 32

Sitios web 32

MÁS QUE UNA DISCAPACIDAD

Las personas con discapacidad se enfrentan a diferentes tipos de retos, a pesar de sus muchas habilidades. Algunas discapacidades son físicas y otras mentales o **cognitivas**. Algunas discapacidades no son obvias, mientras que otras son fáciles de ver. Aunque tengan alguna discapacidad, todas las personas se definen por las mismas cosas: sus esperanzas, creencias y pensamientos. Como todo el mundo, las personas discapacitadas quieren vivir vidas plenas y felices.

Las personas discapacitadas y sus defensores trabajan juntos dentro del movimiento por los derechos de las personas con discapacidad. Los **activistas** quieren garantizar que las personas con discapacidad tengan la oportunidad de vivir bien y de la forma más independiente posible. Luchan contra los **prejuicios** y se esfuerzan por educar a los demás acerca de las necesidades de las personas discapacitadas. Ha sido un largo camino, pero el movimiento por los derechos de las personas con discapacidad ha ayudado a mejorar las vidas de muchas personas.

El primer desfile del Orgullo de los Discapacitados en la ciudad de Nueva York tuvo lugar el 12 de julio del 2015.

Franklin Delano Roosevelt

Franklin Delano Roosevelt fue uno de los presidentes más progresistas, es decir, con las ideas más avanzadas, de la historia de Estados Unidos. Él tenía una discapacidad. En 1921, Roosevelt sufrió una enfermedad llamada **polio**, la cual le dejó las piernas tan debilitadas que tuvo que usar una silla de ruedas el resto de su vida. Aun así, se convirtió en gobernador de Nueva York en 1928. Más tarde, fue elegido presidente de Estados Unidos cuatro veces seguidas. Sigue siendo uno de los presidentes más queridos y más honrados de nuestro pasado.

UNA HISTORIA DE DISCRIMINACIÓN

Una discapacidad es una condición, ya sea mental o física, que impide que una persona oiga, se mueva, vea, hable, aprenda o, en general, viva como los demás. En el pasado, mucha gente no comprendía las causas de las discapacidades físicas y mentales. Por eso, a menudo temían o rechazaban a las personas con discapacidad. Durante cientos de años, los discapacitados sufrieron **discriminación**. A los niños nacidos con discapacidades a veces no se les cuidaba, y los adultos discapacitados se consideraban una carga para sus familias.

A lo largo de la historia, esta discriminación dio lugar a malos tratos y abusos. En las décadas de 1930 y 1940, cuando llegó al poder el partido Nazi en Alemania, las personas discapacitadas estuvieron entre las primeras en ser maltratadas y asesinadas. En Estados Unidos, se obligaba a las personas con discapacidad a operarse para impedir que tuvieran hijos.

Algunas personas nacen con una discapacidad. Antiguamente, la vida de un niño con discapacidad era muy diferente a lo que es hoy en día. A muchos se les separaba de sus familias a edades muy tempranas.

GENTE ESCONDIDA

Incluso la gente que trataba de mejorar las vidas de las personas con discapacidad no siempre comprendía sus necesidades. Se creía que las discapacidades eran problemas que había que arreglar. Para "arreglar el problema", se obligaba a muchas personas con discapacidad a vivir aparte del resto de la comunidad. A algunas se las enviaba a **asilos** para los pobres, a **manicomios** y a otras instituciones.

Aunque algunos de estos lugares estaban hechos para ayudar a la gente con discapacidades, la separación no solía resultar beneficiosa. Poca gente visitaba estas instituciones, con lo cual no tenían normas estrictas. Además, al mantener separadas a las personas con discapacidad, las comunidades las entendían cada vez menos. Finalmente estas personas eran ignoradas y olvidadas, y sus problemas y dificultades se volvían invisibles para los demás.

El hospital Bethlem Royal, en Londres, es uno de los más antiguos dedicados al cuidado de los enfermos mentales de Inglaterra. La palabra "bedlam" viene del nombre de este hospital. Se usa, en inglés, para describir un lugar o situación de caos o locura.

LOS COMIENZOS DEL MOVIMIENTO

Tal vez pienses que todos los movimientos comienzan de la mano de un gran líder, pero no siempre es así. Luchar por los derechos de un grupo no es como un cuento, que tiene un principio y un fin. El movimiento por los derechos de las personas con discapacidad, como otros movimientos de derechos civiles, tuvo muchos protagonistas que lucharon a lo largo de cientos de años. Además, debemos tener en cuenta que las personas con discapacidad son muy diversas. Eso significa que sus circunstancias son distintas y que han tenido que enfrentarse a retos diferentes.

Alfred Binet

Alfred Binet fue un **psicólogo** francés que investigó sobre la inteligencia. Tuvo la idea de medir la inteligencia de las personas a través de un examen. Los resultados del examen se medían en la escala Binet-Simon. Esta escala se podía usar para evaluar a los niños con discapacidades intelectuales y luego colocarlos en un entorno de aprendizaje adecuado. El trabajo de Binet ayudó a mucha gente a comprender mejor la inteligencia y sentó las bases para muchos futuros psicólogos infantiles. Desafortunadamente, algunos han usado el examen de Binet para etiquetar injustamente a la gente y discriminarla.

Después de la Guerra Civil Estadounidense, los veteranos heridos ayudaron a concienciar a la gente acerca de una variedad de discapacidades. Incluso hoy en día, muchos soldados que vuelven de la guerra son activos en el movimiento por los derechos de las personas con discapacidad.

Soldados heridos, después de la batalla de Antietam

Sin embargo, a través de cientos de años, mucha gente ha hecho adelantos en la comprensión y ayuda a las personas con discapacidad, sobre todo en lo que se refiere a la medicina. Los avances en la **amputación** después de la Guerra Civil, salvaron muchas vidas y crearon conciencia de las discapacidades físicas. En 1931, Clifford Beers estableció el Comité Internacional de Higiene Mental, el cual se centraba en estudiar y difundir información sobre las enfermedades mentales.

UNA SENTADA PARA PROTESTAR

Con el tiempo, las personas con discapacidad y sus familias comenzaron a pronunciarse contra la injusticia y a formar grupos. En 1921, se creó la Fundación Americana para Ciegos. En 1935, un grupo de gente, la mayoría con **parálisis cerebral** o polio, formó la Liga de los Discapacitados Físicos.

Ese año, la Liga de los Discapacitados Físicos pidió a sus miembros que hicieran una **sentada** en la Oficina de Ayuda al Hogar (Home Relief Bureau), en la ciudad de Nueva York. Esta oficina había informado a la Administración para el Progreso de Obras (Works Progress Administration), un programa para la creación de empleo durante la Gran Depresión, que esa gente era físicamente discapacitada. Como resultado de esa discriminación, mucha gente discapacitada perdió su trabajo. La sentada duró nueve días. La prensa contó la historia al mundo y la liga recibió mucho apoyo. Con el tiempo, se consiguieron miles de trabajos para la gente discapacitada.

La Liga de los Discapacitados Físicos se convirtió en la primera organización para las personas con discapacidad gestionada por personas con discapacidad.

Desobediencia civil

Una sentada es un acto de desobediencia civil. Cuando la gente se niega a observar la ley como protesta por algo que considera injusto, eso se llama desobediencia civil. De esa manera, uno puede llamar la atención sobre lo que cree que no está bien e intentar mejorar las cosas. Muchos activistas de los derechos civiles, entre ellos Mohandas Gandhi, Martin Luther King Jr. y los estudiantes que protestaban por la guerra de Vietnam, han utilizado la desobediencia civil.

UN PASO HACIA LA IGUALDAD

Hacia finales del siglo XX, comenzó a haber acción legal que ayudó al movimiento por los derechos de las personas con discapacidad. El Movimiento Estadounidense por los Derechos Civiles, que luchó por los derechos de los afroamericanos, también provocó el cambio social para otros muchos grupos. Este movimiento no solo inspiró a los activistas que luchaban por las personas con discapacidad, sino que también dio ejemplo a los legisladores de cómo se podía mejorar la calidad de vida de ciertos grupos.

En 1973, se aprobó la Ley de Rehabilitación. La sección 504 de esta ley se basaba en leyes anteriores que prohibían la discriminación por motivos de raza, sexo u origen de parte de programas o negocios que recibían fondos federales. La sección 504 demostró que los legisladores reconocían que los prejuicios y la discriminación causaban, en parte, los problemas de las personas con discapacidad, y que hacían falta nuevas leyes.

Durante la década de los 70, muchos grupos diferentes protestaron para conseguir la igualdad de derechos. Los miembros del movimiento por los derechos de las personas con discapacidad avanzaron mucho gracias a su activismo.

LA UNIÓN HACE LA FUERZA

La Ley de Rehabilitación de 1973 fue muy importante para el movimiento por los derechos de las personas con discapacidad. La sección 504 decía que ningún programa financiado por el gobierno federal podía discriminar a las personas con discapacidad. Declaraba que las personas con discapacidad debían tener todas sus necesidades razonables cubiertas, lo cual era especialmente importante para los alumnos con discapacidad. Bajo esta ley, las escuelas públicas tenían que cubrir las necesidades educativas de todos los alumnos con discapacidad.

Antes de esta legislación, habían existido grupos más pequeños **defensores** de ciertas discapacidades, pero funcionaba cada uno por separado. Al crearse la sección 504, las personas con diferentes tipos de discapacidades, tanto físicas como mentales, visibles e invisibles, estaban protegidas por igual bajo la ley. Puesto que esta ley se refería a todas las personas con discapacidad, ayudó a esas personas y a sus defensores a crear un frente más fuerte y más unido.

Aunque la Ley de Rehabilitación se sancionó en 1973, algunos grupos no hicieron los cambios necesarios rápidamente. En 1978, personas con discapacidades hicieron una sentada en la oficina del Distrito Regional de Transportación de Denver, Colorado. La sentada ayudó a cambiar la manera en que los Estados Unidos proveen el transporte público para las personas con discapacidades.

UNA LÍDER CONSTANTE

Los líderes del movimiento por los derechos de las personas con discapacidad han luchado con fuerza contra el silenciamiento y la separación de las personas con discapacidad. Una líder importante es Judith Heumann. De niña, Heumann enfermó de polio. Durante la mayor parte de su vida, ha tenido que usar silla de ruedas. Cuando era joven, sus padres lucharon para que pudiera ir a la escuela con los demás alumnos. En la universidad, junto a otras personas con discapacidad, luchó para conseguir que las clases fueran más accesibles. Decidió que quería ser maestra, pero también tuvo que luchar por ese derecho.

Entre 1993 y 2001, Heumann fue subsecretaria de la Oficina de Educación Especial y Servicios de Rehabilitación del Departamento de Educación de Estados Unidos. En el año 2010, Heumann fue nombrada consejera especial del Departamento de Estado para los derechos internacionales de las personas con discapacidad.

Judith Heumann ha dedicado gran parte de su vida a la lucha por los derechos de las personas con discapacidad. Actualmente, ayuda a personas discapacitadas en todo el mundo.

UNA GRAN IDEA

Uno de los mayores retos para los niños con discapacidad era el acceso a la educación. Muchas veces no se les permitía recibir la misma educación que otros niños. De esta manera, las personas con discapacidad se mantenían separadas, y donde hay separación, no hay igualdad.

Cuando se aprobó la Ley de Educación para Todos los Niños con Discapacidad en 1975, los niños discapacitados consiguieron finalmente la igualdad de derechos en la educación. Muchos alumnos con discapacidad fueron **integrados** en las aulas. Ya podían aprender junto a los niños sin discapacidad. Así no solo los alumnos con discapacidad podían recibir una educación mejor, sino que los demás alumnos podían conocer, aceptar e incluir a las personas con habilidades diferentes.

En 1990, esta legislación recibió un nombre nuevo: la Ley de Educación para Individuos con Discapacidad (IDEA, por sus siglas en inglés). Esta ley daba a los padres más derechos a la hora de elegir la educación de sus hijos. Es una de las victorias más grandes logradas para los derechos de la discapacidad hasta la fecha.

En 1997, el presidente Bill Clinton firmó las enmiendas a IDEA, para asegurar que todos los niños de Estados Unidos tuvieran las mismas oportunidades educativas.

LA LEY DE ESTADOUNIDENSES CON DISCAPACIDADES

Después de muchas décadas de organizarse y trabajar duro para hacerse oír, los estadounidenses con discapacidad se apuntaron una gran victoria, en 1990, cuando se aprobó la Ley de Estadounidenses con Discapacidades (ADA, por sus siglas en inglés). Se trata de una ley federal que requiere que los negocios y las agencias ofrezcan **acomodo** a las personas con discapacidad, de manera que tengan igualdad de oportunidades en los empleos y puedan acceder de igual manera a los espacios y servicios públicos.

Según esta ley, los negocios deben acomodarse a las diferentes capacidades de las personas, ofreciéndoles equipos de trabajo especiales y horarios flexibles. La ley garantiza que las personas que utilizan sillas de ruedas tengan acceso al transporte público en todo el país. Además, entre otras muchas posibilidades para las personas con discapacidad, la ley establece que las personas con enfermedades mentales puedan trabajar en horarios diferentes.

El presidente George H. W. Bush (a la derecha) firmó la ley ADA. Esta ley proporciona servicios y apoyo a las personas con discapacidades en toda la nación.

UN LUGAR PROTEGIDO

Hoy en día, muchas personas con discapacidad buscan y encuentran trabajo por su cuenta, pero esto no siempre es posible para las personas con discapacidades graves. Algunas personas con discapacidades cognitivas graves necesitan supervisión estrecha y trabajos especiales que aprovechen sus aptitudes personales. Muchas de estas personas trabajan en talleres protegidos.

No obstante, muchos talleres protegidos están cerrando. Algunas personas creen que esto es positivo, ya que estos talleres implican que las personas con discapacidad no están tan integradas en la comunidad. Además, la mayoría de los talleres protegidos no pagan bien.

Por el contrario, a otros les preocupa que las personas con discapacidades graves puedan ser maltratadas o despedidas de un trabajo tradicional. Para ellos, estos talleres ofrecen un lugar seguro donde la gente puede sentirse productiva, hacer amigos y continuar trabajando a lo largo de su vida adulta.

Las personas que trabajan en talleres protegidos tienen diferentes opiniones al respecto. A algunos les gusta acudir todos los días a un espacio seguro, mientras que otros preferirían un trabajo más tradicional.

¿Qué es un taller protegido?

Un taller protegido es un lugar donde las personas con discapacidad llevan a cabo tareas que van bien con su nivel de habilidad en un entorno controlado. Se les paga, aunque la cantidad que reciben está muy por debajo del salario mínimo. Sin embargo, la supervisión, el espacio de trabajo adaptado y la falta de estrés ofrecen a las personas con discapacidad un lugar seguro para ser productivas. Muchos de estos talleres ofrecen eventos sociales y actividades donde la gente discapacitada puede interactuar con sus compañeros de trabajo y hacer amigos.

HACIA ADELANTE

Luchar contra los prejuicios nunca es fácil, y educar a los demás acerca de los problemas de los discapacitados es una tarea inmensa. En parte, esto se debe a que haya tantos tipos de discapacidades diferentes.

Aun así, la lucha por los derechos de las personas con discapacidad ha hecho grandes progresos. Estados Unidos ha avanzado mucho en cuanto a legislación, adaptación y la forma en que se ve a las personas con discapacidad, pero aún queda un montón de trabajo por hacer.

Las personas con discapacidad son una parte importante de la sociedad. Muchas de ellas tienen vidas productivas e independientes. Quieren que los demás las acepten por sus habilidades, y no que las vean solo por su discapacidad. Si algo hemos aprendido del movimiento por los derechos de las personas con discapacidad, es que juntos podemos formar una comunidad más fuerte.

Olimpiadas Especiales y Juegos Paralímpicos

Existen dos eventos deportivos internacionales importantes para las personas con discapacidad. Los Juegos Paralímpicos se crearon en Italia en 1960 para los atletas con discapacidades físicas. Las primeras Olimpiadas Especiales tuvieron lugar en 1968. En ellas compiten personas con discapacidades cognitivas. Ambos eventos permiten a las personas con discapacidad demostrar sus habilidades, y recuerdan a los demás que la gente discapacitada puede competir a un nivel muy alto.

Los Juegos Paralímpicos y las Olimpiadas Especiales nos demuestran que las personas con discapacidad pueden tener talentos extraordinarios.

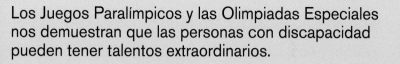

ACTIVA TU
ACTIVISTA INTERIOR

¿Has pensado alguna vez qué puedes hacer tú para ayudar al movimiento por los derechos de las personas con discapacidad? Es una cuestión **complicada**, pero eso no significa que ayudar también lo sea. Pregunta en un hospital infantil cercano si tienen previsto algún evento benéfico. Hay muchas formas de recaudar dinero para una causa, entre ellas una carrera a pie o en bicicleta. Este tipo de eventos dan a conocer mejor la existencia de diferentes tipos de discapacidad y ayudan a reunir dinero para programas e investigación.

Una de cada cinco personas en Estados Unidos tiene algún tipo de discapacidad. ¡Seguro que conoces al menos a una persona discapacitada! Si conoces a alguien con una discapacidad, pregúntale en qué puedes ayudar. Escucha atentamente. Si tú tienes una discapacidad, involúcrate en tu comunidad y pronúnciate contra la discriminación. Existen muchas buenas formas de defender a las personas con discapacidad, ¡y a ti mismo también!

La lucha por la igualdad de derechos para las personas con discapacidad aún continúa hoy.

CRONOLOGÍA

1865
Termina la guerra civil estadounidense. Gracias a los avances en la medicina militar, muchos hombres sobreviven a pesar de tener piernas o brazos amputados. Esto hace que la sociedad esté más consciente de la gente con discapacidad.

1918
Termina la Primera Guerra Mundial. Muchos hombres regresan a casa con neurosis de guerra, un trastorno mental que ahora se conoce como estrés postraumático (PTSD, por sus siglas en inglés). Esto hace que la sociedad esté más consciente de la gente con discapacidad mental.

1933
Franklin D. Roosevelt se convierte en presidente. Sirve hasta 1945.

1935
La Liga de los Discapacitados Físicos organiza una sentada en la Oficina de Ayuda al Hogar, en la ciudad de Nueva York.

1973
Se aprueba la sección 504 de la Ley de Rehabilitación, en la cual se prohíbe la discriminación por motivo de discapacidad.

1975
Se aprueba la Ley de Educación para Todos los Niños con Discapacidad.

1977
En una sentada a favor de la sección 504 en San Francisco, se juntan personas con todo tipo de discapacidades para protestar durante casi un mes.

1990
Se aprueba la Ley de Estadounidenses con Discapacidades (ADA, por sus siglas en inglés). Esta ley pionera garantiza el derecho de las personas con discapacidad de tener acceso a servicios de empleo y lugares públicos, y las protege contra la discriminación.

GLOSARIO

acomodo: Un ajuste que se hace para satisfacer una necesidad.

amputación: Un tipo de cirugía para quitar a alguien una pierna o un brazo.

asilo: Un lugar donde se ayuda a la gente necesitada.

cognitivo: Que tiene que ver con la actividad intelectual o la habilidad de pensar de forma lógica.

complicado: Que tiene muchas piezas; difícil de explicar o entender.

discriminación: El hecho de tratar injustamente y de forma diferente a alguien a causa de su raza, sus creencias, sus orígenes o su estilo de vida.

integrar: Hacer que una persona o grupo de personas formen parte de otro grupo más grande.

manicomio: Hospital donde se atiende a los enfermos mentales.

parálisis cerebral: Un desorden en el cerebro que hace que una persona tenga dificultades para moverse y para hablar.

polio: Una enfermedad que puede dañar la columna vertebral, haciendo que una persona tenga dificultad para moverse.

prejuicio: Un sentimiento injusto de antipatía hacia una persona o grupo de personas debido a su raza, religión, sexo, estilo de vida o discapacidad.

psicólogo: Alguien que estudia la ciencia de la mente y del comportamiento.

sentada: Una protesta en la cual la gente se queda, muchas veces sentada, en un lugar y se niega a irse.

ÍNDICE

A

Administración para el
    Progreso de Obras, 12

B

Beers, Clifford, 11
Binet, Alfred, 10
Binet-Simon escala, 10
Bush, George H. W., 23

C

ciudad de Nueva York, 5,
    12, 30
Clinton, Bill, 21
Comité Internacional de
    Higiene Mental, 11

D

Departamento de
    Educación, de
    EE.UU., 18
Departamento de Estado,
    de EE. UU., 18

E

Estado de Nueva York, 5

F

Fundación Americana para
    Ciegos, 12

G

Gandhi, Mohandas, 13
Guerra Civil
    Estadounidense, 11

H

Heumann, Judith, 18, 19

J

Juegos Paralímpicos, 27

L

Ley de Educación para
    Individuos con
    Discapacidad, 20, 21
Ley de Educación para
    Todos los Niños con
    Discapacidad, 20, 30
Liga de los Discapacitados
    Físicos, 12, 13, 30
Ley de Rehabilitación, 14,
    16, 17, 30
Ley para los
    Estadounidenses con
    Discapacidades, 22,
    23, 30

O

Oficina de Ayuda al Hogar,
    12, 30
Oficina de Educación
    Especial y Servicios de
    Rehabilitación, 18
Olimpiadas Especiales, 27

P

parálisis cerebral, 12
polio, 5, 12, 18, 30
Primera Guerra
    Mundial, 30

R

Roosevelt, Franklin Delano,
    5, 30

S

Sección 504, 14, 16, 30

T

talleres protegidos,
    24, 25

SITIOS WEB

Debido a la naturaleza cambiante de los enlaces de internet, PowerKids Press ha elaborado una lista de sitios web relacionados con el tema de este libro. Este sitio se actualiza de forma regular. Por favor, utiliza este enlace para acceder a la lista: www.powerkidslinks.com/civic/disa